ODE

SUR

LES VERTUS CIVILES.

ODE

SUR

LES VERTUS CIVILES;

PAR FORTUNÉE B. BRIQUET,

De la Société des Belles - Lettres, de Paris;

Lue par l'Auteur à la séance publique du 23 vendémiaire, an 10.

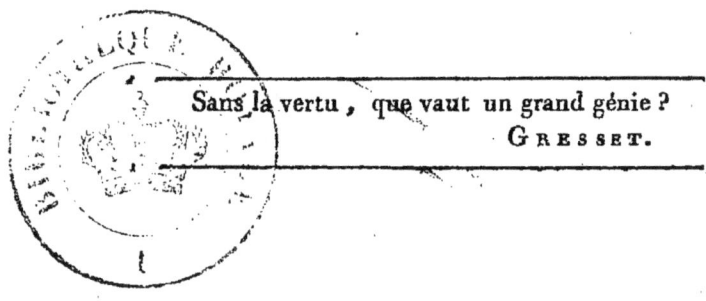

Sans la vertu, que vaut un grand génie ?
GRESSET.

PARIS,

De l'imprimerie de Ch. Pougens, quai Voltaire ; N.º 10.

AN X. — 1801.

O D E

SUR

LES VERTUS CIVILES (1).

Un nouvel astre nous éclaire,
Il répand la joie en tous lieux ;
La victoire enchaîne la guerre,
La vertu redescend des cieux.
Vertu, trop long-tems exilée,
Enfin la paix t'a rappelée ;
Prête ton charme à mes accents.
Oui : que l'on te nomme prudence,
Justice , force ou tempérance,
Tu seras l'objet de mes chants.

Vertu, quand je saisis ma lyre ,
Ne pense pas que l'intérêt
Soit le sentiment qui m'inspire :
Ton culte est un plus doux attrait.
Je n'ignore point que Minerve ,
Au poëte vainqueur réserve

L'immortelle fleur de Vénus :
Heureux qui l'aura méritée !
Mais l'honneur de t'avoir chantée ,
N'est-il pas le prix des vaincus ?

QUELLE est cette déesse aimable ,
Qui , dans le dédale des jours ,
Nous présente un fil secourable ,
Pour en parcourir les détours ?
Je te reconnois , ô prudence ,
Le sage chérit ta présence ;
Tu ne déplais qu'à l'insensé ,
Qui , tel que les amis d'Ulysse ,
Ne découvre point l'artifice
D'un breuvage offert par Circé.

EST-CE assez que d'avoir pour guide ,
De la sagesse le flambeau ?
Est-ce assez qu'un appui solide
Nous promette un sort toujours beau ?
Non : lorsque mon frère s'égare ,
Ma raison doit être le phare
Qui le dirige vers le port.
Hélas ! dans le siècle où nous sommes ,
L'art cruel de tromper les hommes
Passe pour un sublime effort.

OFFRONS un plus heureux exemple :
Pour la justice, pour ses sœurs,
Elevons un autel, un temple :
A leurs lois soumettons nos cœurs.
Qu'on trouve par-tout le bon père,
L'époux fidèle, le bon frère,
Le bon fils, le bon citoyen.
Aux plaintes des êtres sensibles,
Rougissons d'être inaccessibles :
On s'oblige en faisant le bien.

VERRAI-JE encor les sycophantes,
Ces vils flatteurs des potentats,
Sous les couleurs les plus riantes
Cachant les plus noirs attentats ;
Pour perdre la vertu modeste,
Broyer un poison plus funeste
Que ceux d'AEæa, de Colchos ?
Mais, lorsque Hippolyte succombe,
Le remords traîne dans la tombe
L'indigne fille de Minos.

CESSEZ d'insulter au mérite
Que vous découvrez dans autrui :
Songez qu'en imitant Thersite,
Vous vous ravalez jusqu'à lui.

Pourquoi dévouer votre vie
Aux affreux tourmens , dont l'envie
Ronge les cœurs qu'elle a flétris ?
Changez de mœurs et de langage ;
Et , désormais , soyez du sage
Les émules et les amis.

Profanes , que jamais n'enflamme
Du courage la noble ardeur ;
Vous tous , à qui la grandeur d'ame
Ne paroît qu'un stérile honneur ;
Fuyez : voudriez-vous entendre ,
Que dis-je ! pourriez-vous comprendre
Les traits consacrés dans mes vers ?
Vous placeriez au rang des fables
Les noms et les faits mémorables ,
Dont s'enorgueillit l'univers.

Ici , Thémistocle , Aristide ,
Et là , Camille et Scipion ,
A l'amour public qui les guide ,
Immolent toute passion :
Ailleurs , le vainqueur de Pharsale ,
Par la clémence , aux dieux s'égale ;
Il pardonne à ses ennemis :

Régulus retourne à Carthage ,
Il sait quel sera son partage ;
Mais il ne voit que son pays.

Qui peut opposer une digue
A ce torrent d'erreurs , de maux ,
Dont et l'avare et le prodigue ,
Comme à l'envi , gonflent les flots ?
Il faut si peu pour la nature :
Pourquoi désirer sans mesure ?
Le bonheur est loin des excès.
Dans la carrière de la vie ,
Ah ! malheur à qui n'étudie
L'art d'être heureux à peu de frais !

Que ne cherchons-nous à connoître
Du tems et l'usage et le prix ?
Aux champs du travail , on voit naître
Les biens dont nous sommes épris.
Jamais le travail n'importune ;
Il nous distrait dans l'infortune ,
Il embellit notre loisir ;
De nos jours il dore la chaîne :
De l'oisiveté naît la peine ,
Et du travail naît le plaisir.

Dieux ! quelles horribles ténèbres
Se répandent autour de moi !
Les crimes, par leurs chants funèbres ;
Viennent glacer mes sens d'effroi :
« Chassons, par la guerre civile,
» Chassons tout sentiment utile ;
» Décoré du nom de vertu :
» Faisons les destins de la terre ;
» La vertu n'est qu'une chimère :
» Que son temple soit abattu ! »

Non ; tu n'es point un vain fantôme,
Vertu, seul bonheur des mortels ;
Dans les palais et sous le chaume,
J'aperçois encor tes autels.
En vain on voulut faire un crime
Du culte le plus légitime,
Qui fut jamais sous le soleil :
Tes oppresseurs, dans leur ivresse,
S'endormirent pleins d'alégresse...
Tu triomphois à leur réveil.

F I N.

Nota. Les juges du concours, n'ayant qu'un prix à décerner, ont consigné, dans leur procès-verbal, le regret de ne pouvoir en offrir un autre à l'auteur de l'*Ode sur les vertus civiles*. Voyez le journal officiel des Deux-Sèvres, an 10, N.º I.

LE VIRTU CIVILI,

ODE

TRADOTTA IN ITALIANO

Da Domenico FORGES-DAVANZATI.

Un novell' astro ne rischiara e splende,
Che viva gioia in tutti i cor diffonde:
Cinta di lauree fronde
Già la vittoria al cocchio suo la guerra
Avvince, scinta del sanguigno brando;
Già la virtù riscende
Dall' alto ciel' ad albergar la terra.
Virtù, tenuta in bando
Per così lungo tempo, alfin la bella
Pace tra noi t' appella.
Tu presta a' detti miei
Tuo sacro ardor, e tua immortal bellezza.
Sì: o che detta sei
O prudenza, o giustizia, o pur fortezza
O temperanza omai,
L'oggetto tu del canto mio sarai.

Bella virtù, se in man prendo la lira
Per intesserti d' inni aurea corona,
Non creder che mi sprona
Vil sentimento d' interesse il core:
Tuo sacro culto, tua immortal beltate
M' aletta, e a te m' atttira.
So ben io pur, che al vincitor cantore
Non le lauree pregiate,
Ma' l vago fior di Citerea riserva
Dar in premio Minerva.
O felice colui,
Che così bella palma avrà portata!
Ma l' onor d' aver tui
Sommi pregi e tua gloria omai cantata,
Chi' l negheria! non fora
Premio e prezzo bastante ai vinti ancora?

Ma qual' è questa amabil diva mai,
Che nel dedaleo inestricabil chiostro
Del torbo viver nostro,
Un fil rettor porge al mortal, ond' ei
Con piè sicuro il dubbio calle involto
Precorrer possa omai?
Io ti ravviso, ah la prudenza sei!
Al saggio il tuo bel volto

È caro , e sol tu all' insensato spiaci.
E siccome a seguaci
D'Ulisse ciechi al danno,
Che senza te lor fe' la maga esperta ;
Egli il nascoso inganno
Non scovre mai d'una bevanda offerta
Per mano allettatrice
D'una novella Circe incantatrice.

Che ! non è assai bastante aver la face
Della saviezza in guida ognor costante ?
Che ! non è assai bastante ,
Che un sostegno ben fermo ella ne dia ,
Onde una sorte ci prometta ognora
Bella , e a bear capace ?
No : allorchè il mio fratello avvien , che si
Del suo camin già fuora
Nell' agitato mar, che nome ha vita ,
Nella sua via smarrita
La mia ragione il faro
Esser gli dee , che lo dirigga a riva.
Ahi ! nel secolo amaro ,
In cui siam , l' arte cruda , onde s'arriva
A ingannar il mortale ,
Ad un sublime sforzo in pregio or vale.

Al guardo altrui più bell'esempio offriamo:
Della giustizia, e di sue sacre suore
Adergiamo in onore
Un puro tempio , ed un più puro altare
De' vizii ad onta omai , de' rei costumi.
Ivi tutti giuriamo
Sottopor nostri cori alle sì care
Leggi di questi numi.
Talchè per tutto , dove al corso move
Suo carro il sol, ritrove
Il buon padre , il buon figlio ,
Il buon fratello , il cittadin , lo sposo.
Ed arrossiam , se 'l ciglio
Non piang'al pianto, o al mal altrui pietoso.
Ah! nel far bene altrui ,
Quegli si stringe a te , tu godi in lui.

Ma fia che veggia ancor i sicofanti ,
Questi vili de' grandi adulatori ,
Sotto aspetto che fuori
Il riso ed il piacer orna e colora ,
Celando in sen i più crudei pensieri
Sempre a mal far tramanti ,
Per perder la virtù modesta ognora
Preparar i più neri

Venen, ch' egual non fece unqua la rea
Maga Circe, o Medea.
Ma allorch' è spinto a morte
Da suoi destrieri inubbidenti al morso
Il casto figlio e forte
Del buon Teseo, strascina il fier rimorso
Dentro la tomba oscura
L'indegna figlia di Minosse impura.

Cessate pure d' insultar, superbi,
Il merto, che in altrui voi discovrite:
Pensate, che Tersite
Voi immitando v' abbassate a lui.
Perchè votar di vostra vita il corso
Ai rei martiri acerbi,
Con cui l' invidia rode il cor, che i sui
Rabbiosi serpi han morso?
Miseri voi, che in sì crudei tormenti
Traete i dì dolenti !
Cangiate, omai cangiate
Lingua e costume; e quella, che v' offende
Virtute, in altri amate.
E del saggio, che al guardo altrui risplende,
Deh siate omai gli amici,
E del suo merto emulator felici.

E voi profani, che giammai nel core
Del coraggio la viva e nobil fiamma
Non si desta, nè infiamma ;
E voi pur anche a' di cui sguardi vani
La grandezza dell' alma omai non pare
Ch' uno sterile onore ;
Ah sì, lungi da me gite, o profani.
Che! vorreste ascoltare,
E capir voi potreste i fatti egregi
Della virtute, e i pregi
Sacrati entro i miei versi ?
Voi, che ponete tra' racconti indegni
O di favole aspersi
I nomi, e i fatti di memoria degni,
Di cui sen va sì altero,
E insuperbisce l' universo intero.

Fole non son : Temistocle mirate
Nel suol d'Atene, ed Aristide il giusto.
Sovra del Tebro augusto
Mirate il buon Camillo, e dell' infida
Cartago il domator. Essi all' amore,
Onde han l' alme infiammate
Per lo publico ben, che ognor gli guida,
Svenan dentro del core

Gli affetti lor. Colà Cesare poi
Perdona a tutti i suoi
Nemici , e per sua bella
Clemenza in terra a' numi egual si rende:
Torna all' Africa fella
Regolo , e sa qual reo destin l'attende;
Ma non vede ei le pene ,
E 'l guardo ha sol della sua patria al bene.

Ma chi può opporre mai argini e sponde
Al torrente , alla piena alta de' mali ,
E degli error fatali ,
Onde l' avar a se crudo e ad altrui ,
E 'l prodigo dator senza misura ,
Cercano a gara l' onde
Gonfiar , e i flutti sui !
Pochi veri bisogni ha la natura :
Perchè mai con sì ingorda avida fame
E senza fin tu brame ?
Dagli eccessi lontana
E la felicità : perchè l' or mai
Prodigar ? Dell' umana
Vita nel dubbio corso , ah ! perchè ormai
Non istudi' infelice
L' arte con poco di venir felice.

Perchè del tempo sì fugace e lieve
L'uso, ed il prezzo a ben conoscer pure
Non volgiam nostre cure !
Ne' campi del lavor nascer si mira
La messe di quei beni, onde bramosi
Noi siam. Non mai ci è greve
Il faticar. Ei nella sorte dira
Ne svia pur; e i penosi
Pensier, ond' ella nostra mente ingombra,
Ei ne discaccia e sgombra.
Egli abbella i piaceri:
De' nostri dì ei la catena indora,
E fa men aspri e fieri.
Sì, dal pigro ozio ed a se grave ognora
Nasce il dolor, la noja:
Ma del lavor figlio è il piacer, la gioia.

Che miro, o Dei ! qual tenebroso orrore
D' atra notte si spande a mi d'intorno,
Che toglie il sole al giorno !
Quai dai delitti uscir funerea voce
Sento, che di terror fia che m'agghiacci,
E dir : sì sì 'l furore,
Mosso da noi, di civil guerra atroce
Ogni opra spegna, ogni pensier discacci

Che s' orni o appelli di virtù col nome.
Ella non più si nome
Tra' mortal, virtù pera.
Sia destin della terra il voler nostro.
Non è ch' una chimera
Virtute, e sol suo nome altrui si è mostro.
Su: ruinato ed arso
Sia 'l suo tempio, ed all' aura il cener sparso.

No: non sei una larva, un nome vano,
Virtù, felicità di noi mortali:
Ne' palagi regali,
Nell' umili capanne io veggio ancora
Erta tua imago, e sacri altar pur hai.
Far si è voluto invano
Un delitto del culto, onde s' onora
Tuo nume, e che non mai
Il più sacro, il più bel mirò già il sole,
Per dovunque egli vole
Ad apportar il die.
Ma i fier tiranni tuoi nell' alta ebbrezza
Delle loro follie
S' adormentar ripien già d' allegrezza;
E nel destarsi poi
Mirar su lor i gran trionfi tuoi.

www.ingramcontent.com/pod-product-compliance
Lightning Source LLC
Chambersburg PA
CBHW061517170626
46811CB00004B/1751